Titre original : *The Wreck of the Zanzibar*
Édition originale publiée par Reed Children's Books
© Michael Morpurgo, 1994, pour le texte
© Éditions Gallimard Jeunesse, 1994, pour la traduction et les illustrations
© Éditions Gallimard Jeunesse, 1999, pour la présente édition

Michael Morpurgo
LE NAUFRAGE DU ZANZIBAR

Illustrations de François Place

Traduit de l'anglais
par Henri Robillot

Gallimard Jeunesse

Pour Gina et Murray

GRAND-TANTE LAURA

Ma grand-tante Laura est morte il y a quelques mois. elle avait cent ans.

Un soir, avant de se coucher, elle avait bu son dernier chocolat comme elle le faisait chaque jour, puis elle avait fait sortir le chat, s'était endormie et ne s'était pas réveillée. Il n'existe pas de meilleure façon de mourir.

Je pris le bateau jusqu'aux îles Scilly pour l'enterrement. Tout le monde ou presque dans la famille en fit autant. Je retrouvai des cousins, des tantes et des oncles que je reconnus à peine et qui me reconnurent à peine eux-mêmes. La petite église de Bryher était comble. On ne pouvait s'y tenir que debout. Tous les habitants de Bryher étaient là, venus de toutes les îles Scilly, de Sainte-Marie, de Saint-Martin, de Sainte-Agnès et de Tresco.

Nous chantions des cantiques avec entrain, car nous savions que grand-tante Laura apprécierait des adieux pleins de liesse. Ensuite il y eut une réunion de famille dans son petit cottage qui dominait la baie de Stinking Porth. On servit du thé, du pain de seigle croustillant et du miel. Il me suffit d'en avaler une bouchée pour redeve-

7

nir un enfant. Comme j'avais envie d'être seul, je montai l'étroit escalier menant à la chambre qui avait été la mienne lorsque je venais, chaque été, pour mes vacances. Il y avait toujours la même lampe à pétrole près du lit, le même papier mural qui partait en lambeaux, les mêmes rideaux décolorés agrémentés de bateaux aux voiles rouges tanguant parmi les vagues.

Je m'assis sur le lit et fermai les yeux. J'avais de nouveau huit ans et devant moi s'ouvrait la perspective de quinze jours de sable, de bateau, de pêche aux crevettes, de ramassage d'huîtres sous le tournoiement des fous de Bassan, et des histoires que me racontait grand-tante Laura tous les soirs avant de tirer le rideau pour masquer la lune et de me laisser seul dans mon lit.

Quelqu'un m'appela du rez-de-chaussée et je me retrouvai dans le présent.

Tout le monde était rassemblé dans le salon. Une boîte en carton était ouverte au milieu du plancher.

– Ah, te voilà, Michael, dit l'oncle Will qui semblait un peu irrité. Alors nous pouvons commencer.

Un grand silence se fit dans la pièce. L'oncle Will plongea une main dans la boîte et en sortit un paquet.

– Apparemment, elle a laissé quelque chose à chacun, dit l'oncle Will.

Les paquets étaient tous enveloppés de vieux journaux liés avec des ficelles et munis d'une grande étiquette brune. L'oncle Will se mit à lire les noms. Je dus attendre quelques minutes avant de recevoir le mien. Rien ne me faisait envie en particulier sinon Zanzibar, bien sûr, mais tout le monde voulait Zanzibar. L'oncle Will agita un paquet dans ma direction.

– Tiens, Michael, dit-il. Voilà pour toi.

J'emportai le paquet dans ma chambre et le déballai sur le lit. J'avais l'impression qu'il s'agissait d'une sorte de livre et je ne m'étais pas trompé. Mais ce n'était pas un livre imprimé. Il était écrit à la main, au crayon, et les pages étaient cousues ensemble. Le Journal de Laura Perryman, *pouvait-on lire sur la couverture, et au-dessous une aquarelle représentait un quatre-mâts barque couché sur les vagues par la tempête et près de se briser sur des récifs. Le livre était accompagné d'une enveloppe.*

Je l'ouvris et lus :

Cher Michael,

Quand tu étais petit, je t'ai raconté mille et une histoires sur Bryher et les îles Scilly. Tu te souviens des fantômes sur Samson, de la cloche qui sonne sur la mer au large de Saint-Martin, du roi Arthur qui attend toujours dans sa grotte sous les îles de l'Est.

Tu te souviens? Eh bien, voici mon histoire. Notre histoire à moi et à mon frère jumeau Billy que tu n'as pas connu. Et comme je le regrette. C'est une histoire authentique et je ne voudrais pas qu'elle disparaisse avec moi.

Quand j'étais jeune, je tenais un journal, mais pas un journal quotidien. Je ne me confiais pas à lui très souvent, seulement quand j'en avais vraiment envie. Une grande partie ne méritait pas d'être lue et je l'ai déjà jetée. J'ai vécu une existence plutôt ordinaire. Mais durant quelques mois, il y a très, très longtemps, ma vie n'a pas été banale du tout. Voici donc le journal de ces quelques mois.

Te souviens-tu que tu me demandais toujours d'où venait Zanzibar? Tu l'appelais Marzipan quand tu étais petit. Je ne te l'ai jamais dit, je crois. Je ne l'ai raconté à personne. Eh bien, voilà, maintenant tu vas enfin savoir.

Adieu, cher Michael, et que Dieu te bénisse.

ta grand-tante Laura

P.S. J'espère que tu aimes mes petits dessins. Je suis meilleure artiste qu'écrivain, je crois. Quand je reviendrai dans ma prochaine vie — et je reviendrai — je serai une grande artiste. C'est une promesse que je me suis faite à moi-même.

LE JOURNAL
DE LAURA PERRYMAN

JANVIER

20 JANVIER

« Laura Perryman, tu as quatorze ans aujourd'hui. »
Voilà ce que j'ai dit au miroir ce matin en me souhaitant
bon anniversaire. Parfois, comme ce matin, je n'ai guère
envie d'être Laura Perryman qui a vécu à Bryher toute
sa vie et qui trait les vaches. Je veux être lady Eugenia
Fitzherbert avec de longs cheveux roux et des yeux
verts, qui porte un grand chapeau orné d'une plume
d'autruche blanche et qui voyage à travers le monde à

bord de transatlantiques à quatre cheminées. Mais je voudrais aussi être Billy Perryman pour pouvoir ramer avec le canot, construire des bateaux et courir très vite.

Billy a quatorze ans lui aussi. Évidemment, puisque c'est mon jumeau. Mais je ne suis pas lady Eugenia Fitzherbert, qui qu'elle soit, ni mon frère Billy, je suis moi. Je suis Laura Perryman et j'ai quatorze ans aujourd'hui.

Tout le monde m'aime bien, même mon père, parce que c'est moi qui ai repéré le bateau avant qu'ils le voient sur Sainte-Marie. Simplement je me trouvais au bon endroit au bon moment et voilà tout. Je venais de traire les vaches avec Billy, comme d'habitude, je revenais avec les seaux et j'étais au sommet de Watch Hill quand j'ai aperçu les voiles à l'horizon, au-delà de White Island. Il me semblait que c'était un trois-mâts goélette. Nous avons posé les seaux et couru à toutes jambes jusqu'à la maison.

Le canot était à l'eau en cinq minutes. J'ai assisté à toute la scène du haut de Samson Hill où tout le monde s'était rassemblé. Nous avons vu le canot de Sainte-Marie longer la jetée du port, poussé par le vent et la marée. La course était lancée. Pendant un moment, on a bien cru que c'était le canot de Sainte-Marie qui atteindrait la goélette le premier, lui qui gagne si souvent, et puis nous avons trouvé des eaux libres et une bonne brise au-delà de Samson et notre embarcation s'est mise à filer. Je voyais le patron qui se tenait au mât, Billy et mon père qui souquaient dur au milieu du canot. Je mourais d'envie d'être avec eux, et de les aider à tenir les avirons. Je sais tenir une rame aussi bien que Billy. Il le sait, tout le monde le sait, mais le patron ne veut pas en entendre parler et c'est lui qui commande, sans compter que mon père ne veut rien savoir non plus. Ils se figurent que la question est réglée, mais ce n'est pas vrai. Un jour, un jour... Toujours est-il qu'aujourd'hui on a gagné la course, alors ça devrait quand même me faire plaisir.

Le canot de Sainte-Marie a perdu un aviron. Il est tombé à l'eau et ils ont dû faire demi-tour. Nous avons regardé notre canot accoster la goélette et nous avons tous poussé des acclamations jusqu'à en perdre la voix. Dans la longue-vue, j'ai reconnu le patron qui montait à l'échelle de coupée pour piloter la goélette et la faire entrer à Sainte-Marie. Je les ai vus qui l'aidaient à grimper à bord et qui lui serraient la main. Il a ôté sa casquette pour faire de grands signes et nous nous sommes remis à pousser des cris. Cela signifiait que tout le monde recevrait un peu d'argent et, sur l'île, personne n'en a beaucoup.

Quand le canot est revenu à Popplestones, nous sommes tous allés l'accueillir. Nous avons aidé à le tirer au sec en haut de la plage. Il est toujours moins lourd quand nous avons gagné. Mon père m'a serrée sur son cœur et Billy m'a fait un clin d'œil.

La goélette est un bateau américain, m'a-t-il dit, le *General Lee*, à destination de New York. Elle restera mouillée à Sainte-Marie pour les réparations au mât de misaine et ne repartira pas avant une semaine, peut-être plus.

Ce soir, Granny May nous a fait notre gâteau d'anniversaire, à Billy et à moi, comme chaque année. Le patron et son équipage étaient là au complet et, du coup, le gâteau n'a pas duré longtemps. Ils nous ont chanté « Joyeux anniversaire », puis le patron a expli-qué que nous étions tous un peu moins pauvres grâce à Laura Perryman qui avait repéré le *General Lee*. Et je me suis sentie toute fière. Ils n'avaient que des sourires pour moi. « Ça y est, le moment est venu, me suis-je dit. Je vais leur demander une fois de plus. »

le patron du canot

Ils ont tous éclaté de rire et m'ont répété ce qu'ils avaient toujours dit, que les filles ne ramaient pas dans les canots. Ça ne s'était jamais vu, ça ne se verrait jamais. Alors je suis allée me cacher dans le poulailler et j'ai pleuré. C'est le seul endroit où je peux pleurer en paix. Et puis Granny May est arrivée avec le dernier morceau de gâteau et m'a dit que les femmes pouvaient faire beaucoup de choses que ne faisaient pas les hommes. Ce n'est pas ma façon de voir. Moi, je veux ramer dans ce canot et je ramerai. Oui, un jour, je le ferai.

Billy vient d'entrer dans ma chambre. Il a encore eu une discussion avec le père. Cette fois, les seaux de lait n'étaient pas assez propres. Il y a toujours quelque chose qui ne va pas et le père se met à crier. Billy dit qu'il veut partir pour l'Amérique, et qu'un jour il le fera pour de bon. Il dit toujours des choses de ce genre-là. Je voudrais bien qu'il les garde pour lui. Cela me fait peur. Je voudrais bien aussi que le père soit plus gentil avec lui.

FÉVRIER

12 FÉVRIER
LA NUIT DE LA TEMPÊTE

Il y a eu une terrible tempête la nuit dernière, et le pin au fond du jardin a été déraciné, manquant de peu le poulailler. Le vent faisait tellement de bruit que personne ne l'a entendu tomber. Sauf les poules, ça, j'en suis certaine. C'est le toit au-dessus de la chambre de Billy qui a perdu le plus d'ardoises, mais nous avons eu de la chance. Le bout du toit de Granny May a été complètement emporté. Il a été tout bonnement soufflé par les rafales au milieu de la nuit. Maintenant il est couché de travers sur la haie de seringas. Le père a passé toute la journée là-bas à faire ce qu'il pouvait pour protéger l'intérieur de la pluie. Tout le monde serait bien venu l'aider, mais pas un bâtiment sur l'île n'avait été épargné. Granny May, elle, est restée toute la journée assise dans sa cuisine à secouer la tête. Elle ne voulait pas sortir de chez elle. Elle ne cessait de répéter qu'elle n'aurait

17

jamais les moyens de se payer un nouveau toit et se demandait où elle pourrait aller et ce qu'elle pourrait faire. Nous sommes restées avec elle, la mère et moi, à lui servir des tasses de thé et à l'assurer que tout finirait par s'arranger.

– On trouvera bien un moyen, lui a dit la mère, qui était sincère.

C'est une phrase qu'elle prononce souvent ; quand le père se replie sur lui-même, qu'il est sombre, malheureux et silencieux, quand les vaches ne donnent pas de lait, quand il ne peut pas payer le bois pour construire ses bateaux, elle lui dit toujours : « Ne t'inquiète donc pas, on trouvera un moyen. »

A moi elle ne le dit jamais, parce qu'elle sait que je ne la croirai pas. Je ne la croirai pas, parce que je sais qu'elle ne le croit pas elle-même. Elle espère simplement que son vœu se réalisera. N'empêche qu'elle a dû réussir à

réconforter Granny May car, le soir, elle avait retrouvé sa sérénité d'ancêtre et babillait gaiement toute seule.

Sur l'île, tout le monde l'appelle « la vieille toc-toc ». Mais elle n'est pas vraiment folle. Elle est simplement très âgée et perd la mémoire. Elle parle toute seule mais, après tout, elle a vécu seule presque toute sa vie, donc ça n'a rien d'étonnant. Je l'aime parce qu'elle est ma grand-mère, parce qu'elle m'aime aussi et parce qu'elle ne s'en cache

Granny May

pas. La mère l'a persuadée de venir s'installer quelque temps chez nous jusqu'à ce qu'elle puisse retourner chez elle.

Billy a encore des ennuis. Il est allé à Sainte-Marie sans prévenir personne. Il est resté absent toute la journée. Quand il est rentré ce soir, il ne nous a pas dit un mot à Granny May et à moi. Le père est resté silencieux aussi longtemps qu'il a pu. C'est toujours la même histoire entre Billy et lui. Ils se tapent mutuellement sur les nerfs. Et depuis toujours. En vérité, c'est la faute de Billy, du moins la plupart du temps. C'est lui qui commence. Il fait les choses sans réfléchir. Et le père est très soupe au lait. Il a l'air calme et silencieux et tout à coup... Je sentais la crise venir. Il a tapé sur la table et s'est mis à vociférer. Billy n'avait pas le droit de filer comme ça quand il y avait tant de travail pour réparer la maison de Granny May. Billy a répondu qu'il faisait ce qui lui plaisait, quand ça lui plaisait et qu'il n'était l'esclave de personne. Ensuite il s'est levé de table et s'est précipité dehors en claquant la porte. Notre mère a voulu lui courir après ; pauvre mère, elle cherche toujours à rétablir la paix.

Le père et Granny May ont eu une longue conversation sur les « jeunes d'aujourd'hui » qui ne connaissent pas leur chance et ne savent pas ce que c'est de travailler vraiment dur. Ils sont encore en train de discuter en bas. Je suis allée voir Billy il y a quelques minutes. Il était en train de pleurer, ça je peux le dire. Il dit qu'il n'a pas envie de parler, qu'il réfléchit. Ça doit le changer, je suppose.

Le toit de Granny May est enfin réparé. Elle a regagné sa maison, chacun se retrouve chez soi.

Au petit déjeuner, le père a dit qu'à son avis Molly allait vêler aujourd'hui et que Billy et moi devrions garder un œil sur elle. Billy est parti pour Sainte-Marie et je suis allée voir Molly toute seule cet après-midi. Elle était allongée près de la haie, son veau blotti contre elle. D'abord, j'ai cru qu'il dormait. Mais non. Il y avait des mouches sur sa tête, et ses yeux ne clignaient pas. Il était mort et je n'ai pas réussi à faire lever Molly. Je l'ai poussée, poussée, mais elle ne voulait pas bouger. Je ne l'ai pas dit au père, parce que je savais à quel point il serait furieux. Nous aurions dû être là, Billy et moi ; l'un de nous aurait dû être présent. Alors je suis allée chercher la mère. Elle non plus n'a pas pu décider Molly à se remettre sur ses pattes, alors pour finir nous avons dû appeler le père qui travaillait dans le hangar à bateaux. Il a tout essayé, mais Molly est restée sur le flanc, la tête dans les herbes, et elle est morte. Le père, assis près d'elle, lui a caressé l'encolure sans rien dire. Mais je savais ce qu'il pensait. Nous n'avions que quatre vaches et nous venions de perdre la meilleure. Ensuite il a redressé la tête et demandé :

– Où est ce gamin ?

Notre mère a essayé de le réconforter, mais il ne lui a même pas répondu.

– Attends un peu qu'il rentre, celui-là. Attends un peu.

C'est tout ce qu'il a dit.

Billy est revenu après le coucher du soleil. Je l'ai vu qui remontait à la voile le chenal de Tresco. Je suis descendue en courant jusqu'à Green Bay pour le prévenir à propos de Molly et le mettre en garde contre le père. Puis j'ai vu qu'il n'était pas seul.

– Je te présente Joseph Hannibal, a dit Billy. Il est américain, à bord du *General Lee*, à Sainte-Marie.

Joseph Hannibal est une sorte de colosse avec une barbe noire broussailleuse et  d'énormes sourcils qui se rejoignent et lui donnent en permanence un air farouche. Je n'ai pas eu un instant l'occasion d'avertir Billy au sujet de Molly. Il a ramené Joseph Hannibal pour lui montrer l'île et ils sont partis ensemble vers Hell Bay. Je ne les ai pas revus jusqu'au souper. Le père est resté assis, dans un silence menaçant. La mère gardait sur les lèvres un pâle sourire, comme lorsqu'elle a

Joseph Hannibal

de graves soucis. Mais, au bout d'un moment, elle en était au même point que moi, que Billy et même que le père. Nous écoutions tous Joseph Hannibal. Il a parcouru le monde entier, les îles des mers du Sud, l'Australie, le Japon, la Chine, le Grand Nord.

Il a navigué sur des clippers transporteurs de thé, sur des paquebots, il a aussi chassé la baleine.

– Oui, m'sieur, nous disait-il en tirant des bouffées de sa pipe. J'ai vu des baleines plus longues que toute cette maison et c'est la vérité vraie.

On était obligé de l'écouter. On aurait voulu qu'il continue à parler toute la nuit. Enfin, notre mère a dit qu'il fallait aller se coucher, que nous avions les vaches à traire au petit matin. Billy a dit qu'il n'était pas fatigué, qu'il se lèverait plus tard. Et il n'a pas bougé de sa chaise. Le père l'a foudroyé du regard, mais Billy n'a pas eu l'air de s'en apercevoir. Il n'avait d'yeux que pour Joseph Hannibal. Il ne sait toujours rien pour Molly et il est encore là, en bas, à bavarder avec Joseph Hannibal.

Il y a quelque chose qui cloche chez Joseph Hannibal, quelque chose qui ne me plaît pas, mais je n'arrive pas à savoir quoi au juste. En tout cas, ce dont je suis sûre, c'est que dès qu'il sera parti, le père aura son mot à dire et, à ce moment-là, je ne voudrais pas être à la place de Billy. J'essaye de rester éveillée en écrivant ça, pour pouvoir avertir Billy à propos de Molly, mais les yeux me picotent et j'ai bien du mal à les garder ouverts.

15 FÉVRIER

C'est la pire journée de toute mon existence. Elle avait pourtant bien commencé. Joseph Hannibal a fini par quitter la maison ce matin. Je croyais qu'il allait lever l'ancre à la marée du soir et qu'on n'entendrait plus parler de lui. J'avais tort. Billy l'a suivi. Même en écrivant ces mots, je n'arrive pas à croire que Billy est vraiment parti.

Tout a commencé juste après le départ de Joseph Hannibal. Nous nous étions déjà disputés, Billy et moi, mais jamais de cette façon. Ça ne lui a fait ni chaud ni froid quand j'ai enfin pu lui parler de Molly et de son veau. Il a simplement dit que j'aurais dû me trouver là, ou encore la mère, et qu'il n'y était pour rien. Je me suis fâchée et je lui ai crié des méchancetés. Je le déteste quand il est comme ça. Je l'ai rattrapé et je l'ai empoigné. Il s'est retourné d'un bloc et m'a dit que je prenais le parti du père contre lui. J'ai compris à ce moment-là que tout était de la faute d'Hannibal. C'était comme si ce marin américain nous avait séparés. Billy pense que c'est quelqu'un de vraiment merveilleux, qu'il fait exactement ce que devrait faire un homme, un vrai. Il ne supporte pas qu'on le critique.

Cet après-midi, Billy et le père ont eu l'empoignade attendue au sujet de Molly. Le père poussait des hurlements et Billy lui répondait sur le même ton qu'il n'allait pas rester là pour traire les vaches toute sa vie... qu'il avait mieux à faire. Jamais je n'avais vu Billy dans un état pareil. Plus il était en colère, plus il semblait grandir. Nez à nez avec le père dans la cuisine, il avait presque la même taille que lui. Le père lui a dit qu'il allait le corriger à coups de ceinture s'il ne tenait pas sa langue et Billy s'est contenté de le regarder sans rien dire avec des yeux durs comme de l'acier. Notre mère s'est interposée et Billy s'est rué hors de la maison. Je l'ai suivi.

Nous sommes allés à Rushy Bay où nous nous retrouvions toujours pour discuter quand nous ne voulions être entendus de personne. Nous nous sommes assis sur le sable et il m'a tout expliqué.

Il avait parlé à Joseph Hannibal. Joseph Hannibal avait demandé au capitaine du *General Lee* qui avait accepté. Billy pouvait faire partie de l'équipage comme garçon de cabine.

– Je pars, Laura, m'a dit Billy. J'y ai réfléchi toute la nuit dernière. Et ce n'est pas seulement à cause du père. Il y a un vaste monde qui nous entoure et je ne le verrai jamais. C'est peut-être ma seule chance de le connaître.

J'ai compris qu'il parlait sérieusement, que je n'arriverais pas à le faire changer d'avis. J'ai quand même essayé. Je l'ai supplié de rester. Je lui ai même dit que je partirais avec lui. Il a secoué la tête et détourné les yeux. Je connais si bien Billy, mieux qu'il ne me connaît, je crois. Une fois qu'il s'est mis une idée en tête, inutile d'essayer de l'arrêter. Je savais que c'était sans espoir.

Il m'a passé un bras autour des épaules, m'a dit qu'il regrettait, que je ne devais pas me faire de souci, qu'il m'écrirait et qu'à son retour il m'apporterait des tas de choses d'Amérique, de Chine, du Grand Nord. Comme je me mettais à pleurer, il m'a serrée très fort dans ses bras et a dit que le moment était venu, qu'il partait maintenant. Il ne voulait pas retourner à la maison.

– Tu préviendras notre mère, dit-il. Tu lui diras au revoir pour moi.

Je l'ai accompagné sans parler jusqu'à la jetée, au-delà de l'église. Nous avons vu le père qui taillait une haie le long du champ où Molly était morte. Billy l'a regardé sans rien dire. Il était au bord des larmes et il s'est détourné.

– Et dis aussi adieu à Granny May, a-t-il ajouté.

Depuis le quai, nous avons regardé vers Sainte-Marie, de l'autre côté, et nous avons vu les mâts du General Lee.

– C'est un beau bâtiment, a dit Billy. Et rapide. Il nous fera faire le tour du monde. Joseph Hannibal me l'a promis.

Il m'a caressé les cheveux et puis il m'a demandé de rentrer à la maison sans me retourner. J'ai pleuré tout le long du chemin, non pas tant parce que Billy était parti et que je ne le reverrais peut-être jamais, mais parce qu'il ne voulait pas m'emmener avec lui.

le Général Lee.

Ce soir-là, du haut de Samson Hill, j'ai regardé le *General Lee* faire voile au-delà de Sainte-Agnes. Billy avait raison. C'est un très beau bateau.

Je savais qu'il était en train de regarder vers Bryher et lui savait que je serais sur Samson Hill. Je sentais ses yeux fixés sur moi. J'ai eu un frisson, non pas de froid, mais parce que je savais alors comme je le sais aujourd'hui que je ne reverrais jamais Billy.

Les voiles du trois-mâts étaient rouges aux derniers rayons du soleil, rouges comme le sang.

Je n'ai rien dit jusqu'à l'heure du dîner, quand la mère m'a demandé où était Billy. Je lui ai expliqué ce qui était arrivé aussi doucement que j'ai pu. Elle s'est assise et, brusquement, la vie s'est éteinte dans ses yeux.

– Non, a-t-elle murmuré.

Et elle n'a rien ajouté.

Le père avait travaillé tard dans le hangar à bateaux. Il est rentré il y a quelques minutes. J'étais assise sur les marches de l'escalier quand la mère lui a annoncé la nouvelle.

– Et tu l'as conduit là-bas, m'a-t-elle dit en hochant la tête. Tu n'aurais pas dû. Non, tu n'aurais pas dû.

– Il reviendra, a dit le père. Tu verras.

La mère lui a tourné le dos. Elle ne le croyait pas. Ni moi non plus.

JUILLET

21 JUILLET

Je ne me sens plus chez moi à la maison. J'y habite, c'est tout. Mon île est une prison et je suis complètement seule. La mère et le père sont comme des étrangers l'un pour l'autre. Billy est maintenant parti depuis quatre mois. Il n'y a pas eu de lettres, aucune nouvelle. Nous parlons à peine de lui. C'est comme s'il n'avait jamais existé. Je suis allée dans sa chambre ce matin et j'ai trouvé la mère assise sur son lit, qui regardait le mur en se balançant d'avant en arrière. Elle avait le pull bleu de Billy sur les genoux. Je me suis assise à côté d'elle. Elle a essayé de sourire, mais sans y arriver. Elle n'a pas souri une fois depuis le départ de Billy.

Je fais la traite du matin toute seule maintenant. C'est à ce moment-là que Billy me manque le plus. Je parle aux vaches et elles m'écoutent. Peut-être comprennent-elles aussi, du moins je l'espère. Elles ne donnent pas beaucoup de lait. Peut-être Billy leur manque-t-il, comme à tout le monde. Elles ne mangent

28

pas bien non plus. Leurs robes sont ternes et elles ne se lèchent pas. Pour tout dire, elles ne vont pas bien.

30 JUILLET

A l'église aujourd'hui, j'écoutais le vicaire. J'avais l'impression qu'il parlait pour moi seule. Il a dit qu'il ne fallait rien espérer dans notre vie terrestre, mais seulement dans la vie future. Je crois que j'ai compris ce qu'il voulait dire : qu'ici-bas les espoirs sont toujours déçus. Chaque soir, comme ce soir, après avoir fini d'écrire, je reste allongée dans le noir et je prie en espérant que Billy reviendra un jour. Je prie à haute voix, au cas où Dieu ne m'entendrait pas. Et tous les matins, dès que je suis réveillée, je vais à la fenêtre et j'espère le voir arriver par le sentier en courant. Mais jamais il n'apparaît et, à la longue, je n'ai même plus la force d'espérer.

Peter Perryman

Même l'autre espoir que je nourrissais est réduit à néant. Billy parti, je me disais que peut-être on me permettrait enfin de prendre sa place dans le canot. Pour finir, j'ai rassemblé tout mon courage et j'ai posé la question au patron.

Il m'a dit que je devais le demander moi-même au père. J'ai attendu qu'il se rende à l'étable pour la traite du soir. Il est toujours plus gentil quand il s'occupe des vaches. Il était assis sur son tabouret près de Rosie.

– Elles ne se portent pas bien, ces bêtes-là, a-t-il dit sans relever la tête. A peine un seau à elles trois. Si ça continue comme ça, on va vers de gros ennuis, de très gros ennuis. Elles ont toutes quelque chose qui ne va pas depuis que Billy est parti, et c'est pareil pour nous autres.

Quand il a redressé la tête pour me regarder, ses yeux étaient pleins de larmes.

– Ta mère avait raison, a-t-il dit. C'est ma faute si Billy est parti.

– Non, ce n'est pas ta faute, ai-je répondu. C'est celle de Joseph Hannibal.

Ce n'était qu'une demi-vérité et le père le savait. Il s'est remis a traire.

Je lui ai alors posé la grande question. J'étais venue

le trouver pour ça. Je savais que je n'aurais pas dû, mais il fallait que je la pose. Aussitôt il a bondi sur ses pieds et s'est mis à crier. Rosie, affolée, a lâché une ruade et le seau s'est renversé.

– Tu ne peux pas penser à autre chose ? a-t-il rugi. Ton frère est parti sur les mers. Mes vaches sont malades. Et figure-toi que ce sont ces vaches qui te nourrissent, ma petite, tu le sais ?

Je le savais. Bien sûr que je le savais.

– Elles meurent, nous mourons. C'est tout ce que nous possédons. Et tu viens faire des histoires avec le canot. Combien de fois je te l'ai dit ? Jamais une fille n'a ramé dans le canot. Pas sur cette île. Ni sur aucune autre île. Et ce n'est pas toi qui seras la première, tu m'entends ?

Je me suis sauvée pendant qu'il continuait à crier. Je ne me serais jamais crue capable de le penser. Encore moins de l'écrire. Mais je déteste mon père.

Août

23 AOÛT

Rosie est très malade. Il n'y a pas de doute là-dessus. Elle est chaque jour plus maigre et elle ne donne plus de lait du tout. Nous vendons ce que nous pouvons, un petit peu à chacun. Jusqu'à maintenant, les vaches avaient toujours donné assez de lait pour toute l'île. Nous sommes les seuls à posséder des vaches laitières. Les habitants comptent tous sur nous pour le lait. Ils l'ont toujours fait. Maintenant, avec Molly morte et Rosie qui ne vaut guère mieux, nous ne pouvons plus satisfaire la demande. Nous avons encore Celandine et Petal, mais Petal ne donne pas de lait en ce moment et Celandine très peu. Le père dit que s'il arrive quelque chose à l'une d'elles, nous sommes perdus. Tout ce que nous pouvons faire, dit-il, c'est espérer et prier pour qu'il y ait un naufrage. J'ai donc suivi son conseil. J'espère et je fais des prières pour qu'il y ait un naufrage.

Si seulement la mère me disait que tout finira par s'arranger, même si elle n'y croit pas. Mais elle ne dit plus rien. Peut-être qu'elle est en train de désespérer.

Je suis montée en haut de Samson Hill ce soir et j'ai regardé vers le large. Une grande houle était en train de se former. Le ciel était très bas et gris au-dessus de la mer. J'ai pensé qu'à force de volonté mes yeux seraient peut-être capables de voir au-delà de l'horizon jusqu'en Amérique. C'est mon seul moyen pour me rapprocher de Billy. Il doit être là-bas quelque part en train de naviguer sur cet océan. J'étais sûre qu'il était bien vivant et brusquement je me suis sentie heureuse en dépit de tout. Simplement, je voudrais qu'il rentre à la maison. S'il revenait, tout irait aussi bien qu'avant chez nous. J'en suis certaine.

SEPTEMBRE

6 SEPTEMBRE

Une grande tempête se prépare. La mer est grosse, le ciel chargé de colère. Nous sommes allés chercher Granny May ce matin. Son toit paraît prêt à s'envoler d'une minute à l'autre. Elle ne voulait pas partir, elle ne voulait pas nous déranger. La mère ne l'a pas écoutée, nous l'avons prise chacune par un bras et l'avons ramenée chez nous. Toute la journée, nous sommes restés calfeutrés ensemble autour du feu dans la cuisine, essayant de ne pas écouter les hurlements du vent au-dehors. Le père s'est occupé des vaches aujourd'hui. Il les a enfermées dans l'étable à l'abri de la tempête.

C'est marée haute ce soir. Le père dit qu'on va être inondés. Les lames vont déferler depuis Popplestones et faire de notre ferme une île de plus. C'est déjà arrivé dans le passé.

Par les nuits comme celle-là, quand j'étais petite, j'allais dans la chambre de Billy, je grimpais dans son lit et nous parlions jusqu'au matin. Nous faisions semblant de ne pas avoir peur et, à force, si nous nous donnions assez de mal, celle-ci nous quittait.

Maintenant, assise dans mon lit, toute seule, j'écoute les rugissements de la tourmente au-dehors et les sifflements du vent le long des fenêtres, et j'ai peur. Je suis incapable de penser à autre chose qu'à ces trombes d'eau qui s'abattent sur notre petite île et qui essaient de nous engloutir et de nous noyer à jamais. J'ai tellement peur. Où es-tu, Billy ? Où es-tu ? Pourquoi es-tu parti ? Pourquoi m'as-tu quittée ?

7 SEPTEMBRE

La tempête est passée, mais elle nous a complètement ruinés. Je suis sortie très tôt pour aller traire les vaches. Le pré n'était plus qu'un grand lac et l'étable à flanc de coteau avait disparu. Le portail donnant sur le pré avait été arraché de ses gonds. Au premier coup d'œil, il n'y avait pas une vache en vue. Puis j'ai aperçu Celandine et Petal couchées sur le flanc, noyées, gonflées, là où la mer les avait laissées, les pattes raidies, dressées en l'air. J'ai couru jusqu'à la maison.

Personne ne m'a crue parce que personne ne voulait me croire. Moi non plus je ne voulais pas. Enfin, ils m'ont suivie au-dehors. Le père s'est agenouillé près des bêtes dans une flaque d'eau de mer et il s'est mis à sangloter. Granny May et la mère l'ont ramené à la maison ; il se tenait la tête dans les mains.

J'ai caressé la tache blanche sur le cou de Petal, là où je la caressais après l'avoir traite. Elle était toute froide. Ses grands yeux bleus étaient fixés sur moi sans me voir. Je suis partie en courant et je me suis retrouvée un peu plus tard devant la maison de Granny May. Cette fois, tout son toit avait été arraché, mais ce n'était pas tout. Comme j'en faisais le tour, j'ai vu que le derrière de la maison s'était effondré autour de la cheminée. A côté, la maison des Jenkins était aussi en ruine, comme si un géant l'avait piétinée.

J'ai fait à pied le tour de l'île. Pratiquement aucune maison n'avait été épargnée... Je suis rentrée chez nous. Le poulailler avait disparu et toutes les poules avec, et la fenêtre de la cuisine avait été défoncée. Plusieurs bateaux, pas les nôtres, Dieu merci, avaient été précipités sur les rochers et réduits en pièces. Le patron lui-même avait perdu son langoustier. Bryher est saccagé. C'est un vrai cauchemar. Je voudrais me réveiller et découvrir que cette catastrophe n'est jamais arrivée. Nous sommes tous ruinés, anéantis, et nous serons obligés de partir. Tout le monde en dit autant, sauf Granny May. On ne l'a pas encore prévenue de ce qui était arrivé à sa maison. Le père ne veut pas s'en charger et la mère non plus. Ils ne peuvent pas se résoudre à lui dire ce qui s'est passé et moi non plus.

Une fois Granny May couchée, ce soir, le père a déclaré :
– J'ai peur que ce ne soit le commencement de la fin. D'ici quelques années, Bryher sera comme Samson et Tean, désertée, abandonnée aux lapins et aux oiseaux.

Il s'est mis à pleurer et j'ai su que je ne le détestais plus mais au contraire que je l'aimais toujours. La mère n'a pas pleuré. Jamais je ne l'ai vue pleurer. Elle a pris le père dans ses bras et l'a tenu serré contre elle. C'est la première fois que je l'ai vue faire ce geste depuis que Billy est parti.

8 SEPTEMBRE

Aujourd'hui, j'ai trouvé une tortue. Je crois qu'elle appartient à l'espèce « dos de cuir ». J'en avais déjà trouvé une un jour, mais elle était morte. Celle-ci a été rejetée par la mer, vivante. Le père m'avait envoyée ramasser des débris de bois sur la plage de Rushy Bay.

Il disait qu'après une pareille tempête on en trouverait autant qu'on voudrait. Il avait raison.

J'étais en train d'empiler des bouts de bois depuis une bonne demi-heure quand j'ai remarqué la tortue enfouie dans un rouleau d'algues laissé par la marée. Je l'avais d'abord prise pour une souche d'arbre échouée.

Elle était renversée sur le dos dans le sable. J'ai dégagé les goémons qui la recouvraient. Elle avait les yeux ouverts et fixes. Et j'ai pensé qu'elle était plus morte que vivante. Ses nageoires inertes se dressaient vers les nuages bas dans le ciel comme pour les implorer. Elle était énorme, aussi longue que mon lit et plus large. Elle avait la tête d'un vieux sage plus que centenaire, sillonnée de rides, avec une bouche qui donnait l'impression de sourire.

J'ai regardé autour de moi. Les mouettes commençaient à se rassembler ; silencieuses, attentives, elles attendaient. Je ne savais que trop bien ce qu'elles attendaient. J'ai encore détaché de la tortue des paquets d'algues et j'ai vu que les mouettes l'avaient déjà blessée. Il y avait du sang sous son cou, là où les oiseaux avaient attaqué la peau à coups de bec. J'étais arrivée juste à temps. J'ai jeté des cailloux aux mouettes, qui se sont envolées en criaillant pour protester, puis je me suis retrouvée seule avec ma tortue.

Je savais que je n'arriverais jamais à la remettre à l'endroit, mais j'ai quand même essayé. Je parvenais à la faire se balancer sur sa carapace, mais pas moyen de la retourner. Elle était bien trop lourde. Au bout d'un moment, j'y ai renoncé et je me suis assise à côté d'elle sur le sable. Ses yeux se refermaient très lentement comme si elle allait s'endormir ou peut-être était-elle en train de mourir. Comment savoir ? Je l'ai caressée sous le menton là où je pensais que ça lui plairait, en prenant soin de ne pas approcher ma main de sa bouche.

Un énorme rouleau s'est abattu sur la plage et a déferlé vers nous, chargé d'écume. Quand la vague s'est retirée avec une sorte de long sifflement, elle a laissé sur le sable un espar brisé. C'était presque comme si elle m'expliquait ce que je devais faire. J'ai traîné la pièce de bois vers le haut de la plage. Puis j'ai vu la tête de la tortue basculer de côté et ses yeux se fermer. J'avais souvent vu des oiseaux de mer ainsi tout près de mourir. Une fois que leur tête retombait en arrière, on ne pouvait plus rien pour eux. Mais cette tortue, je ne pouvais pas la laisser mourir, c'était impossible. Je me suis mise à lui crier des choses, à la secouer. Je lui promettais qu'elle allait s'en tirer, que je réussirais à la remettre d'aplomb, que ce ne serait pas long.

J'ai creusé un trou profond dans le sable à côté d'elle. Puis j'ai enfoncé mon espar de biais sous la carapace aussi loin que j'ai pu.

Ensuite j'ai pesé de tout mon poids sur l'extrémité et j'ai senti la tortue bouger. Alors j'ai rassemblé toutes mes forces pour appuyer sur l'espar. La tortue s'est soulevée un peu plus et, pour finir, elle a basculé dans le trou où elle s'est retrouvée dans le bon sens. Mais quand je me suis penchée pour la regarder, sa tête gisait inerte dans le sable et ses yeux étaient fermés. Il n'y avait plus une étincelle de vie en elle. Elle était morte, j'en étais certaine. C'est idiot, je le sais bien, je ne l'avais connue qu'un court moment, mais j'avais l'impression d'avoir perdu une amie.

J'ai fabriqué un oreiller de laitue de mer que je lui ai glissé sous la tête et je me suis agenouillée à côté d'elle. Puis je me suis mise à pleurer jusqu'à ce que mes larmes se tarissent. Et, à ce moment-là, j'ai vu que les mouettes étaient revenues. Elles aussi savaient. Je poussais des cris pour les chasser, mais elles se contentaient de m'observer et peu à peu se rapprochaient.

– Non ! me suis-je écriée. Non !

Jamais je ne les laisserai s'attaquer à ma tortue. J'ai empilé sur sa carapace une montagne de goémons, par-dessus lesquels j'ai ajouté tous les débris de bois que j'avais ramassés. La marée suivante la remporterait vers le large. Alors je l'ai quittée pour rentrer chez moi.

Je suis retournée à Rushy Bay ce soir à marée haute juste avant la tombée de la nuit pour voir si ma tortue était partie. Elle était toujours là. La marée n'était pas montée assez haut. Cependant, les mouettes avaient toutes disparu. Je ne sais trop pourquoi, j'ai eu envie de revoir encore une fois sa tête. J'ai enlevé les bouts de bois et les algues jusqu'à ce que le haut de son crâne apparaisse. Et j'ai vu la tortue soulever la tête et la bouger. Elle me regardait en clignant des yeux. Elle était ressuscitée ! Je crois que pour un peu, je l'aurais embrassée, mais je n'ai pas osé.

Elle est toujours là-bas sur le sable, recouverte de goémons et j'espère qu'ils la protègeront des mouettes. Demain matin... J'ai dû cesser d'écrire, car le père est entré. Il ne vient pour ainsi dire jamais dans ma chambre, il avait donc dû arriver quelque chose.

– Tu vas bien ? a-t-il demandé du seuil de la pièce. Qu'est-ce que tu as fabriqué ?

– Rien. Pourquoi ?

– Le vieux Jenkins dit qu'il t'a vue en bas de Rushy Bay.

– Je ramassais des bouts de bois, c'est tout, ai-je répondu aussi calmement que possible. Comme tu me l'avais demandé.

Qu'il est difficile de mentir. Je ne suis franchement pas douée pour cet exercice.

– Il a cru que tu pleurais, que tu pleurais toutes les larmes de ton corps.

– Moi ? Non, pas du tout.

Je n'osais pas le regarder et j'ai fait semblant d'écrire dans mon journal.

– Tu me dis bien la vérité, Laura ?

Il savait que je mentais ; il le savait certainement.

– Mais oui, bien sûr.

Je n'avais qu'une envie, le voir s'en aller.

– Qu'est-ce que tu peux bien trouver à écrire dans ton fichu journal ? a-t-il demandé.

– Des choses ai-je répondu. Des choses. c'est tout.

Il est sorti et a refermé la porte. Il sait quelque chose, mais il ne sait pas quoi. Il faut que je sois très prudente. Si le père découvre la vérité pour la tortue, je vais passer un mauvais quart d'heure. Il n'a qu'à descendre à Rushy Bay et examiner la plage. La tortue représenterait une réserve de nourriture pour lui ou n'importe qui d'autre. Nous avons tous faim. Chacun est un peu plus affamé tous les jours. Je devrais lui dire. Je sais que je le devrais. Mais je ne peux pas. Je ne peux absolument pas le laisser manger cette tortue.

Au petit matin, il faudra que j'aille la remettre à la mer. Je ne sais pas comment je m'y prendrai, mais j'y arriverai. Il le faut. Maintenant, ce n'est plus seulement des mouettes que je dois la protéger.

9 SEPTEMBRE
LE JOUR DE LA TORTUE

Je me souviendrai de cette journée aussi longtemps que je vivrai. Ce matin, je me suis glissée au-dehors dès que j'ai pu. J'avais à peine fermé l'œil de la nuit à force de me demander comment je pourrais bien remettre ma tortue à l'eau. Mais tandis que je descendais à Rushy Bay, avec la brume du matin qui montait de la mer, je n'avais toujours aucune idée de la méthode à employer. Même en débarrassant la tortue de sa couverture d'algues, je ne savais pas comment faire. Une seule chose était sûre, il fallait y arriver. Alors je me suis mise à lui parler. J'essayais de tout lui expliquer, qu'elle ne devait pas s'inquiéter, que je trouverais un moyen, mais que je ne l'avais pas encore découvert. A regarder ses yeux, on a vraiment l'impression qu'elle comprend. Peut-être que c'est une illusion, mais on ne sait jamais. Enfin, comme j'avais commencé à lui parler, il me semblait mal poli de ne pas continuer.

J'ai ramassé des algues dans mon chapeau et je les lui ai versées dessus. Elle a légèrement relevé la tête. Elle avait l'air d'aimer ça. Alors je suis allée chercher d'autres algues et j'ai commencé à l'arroser. En même temps, je lui parlais de la tempête, du toit envolé de Granny May, des bateaux brisés, et elle me regardait. Elle m'écoutait.

Mais qu'elle était faible ! Elle essayait de bouger, d'enfoncer ses nageoires dans le sable, mais elle n'en avait pas la force. Elle ne cessait d'ouvrir et de fermer

la bouche, comme si elle cherchait à reprendre sa respiration.

Et puis une idée m'est venue, j'ai creusé une espèce de tranchée qui descendait vers la mer. J'allais attendre la montée de la marée et quand elle serait au plus haut, je ferais basculer la tortue dans ce chenal et elle pourrait se traîner jusqu'à la mer. Tout en creusant, je lui expliquais mon plan. Quand j'ai eu terminé, je me suis allongée près d'elle et j'ai attendu la marée.

Je lui ai alors parlé de Billy, de Joseph Hannibal, et du *General Lee*, et je lui ai dit combien Billy me manquait et comment toutes les vaches étaient mortes et que tout allait de travers depuis le départ de Billy.

Quand je l'ai regardée, elle avait les yeux fermés. On aurait dit qu'elle somnolait au soleil. Je me parlais toute seule.

Les mouettes ne nous laissaient pas un instant de répit ; elles nous surveillaient depuis les rochers, depuis les flaques. Quand je leur jetais des pierres, elles ne s'envolaient même pas ; elles sautillaient de côté et revenaient tout de suite après. Je ne suis pas rentrée pour le déjeuner. J'espérais que le père ne viendrait pas me chercher. Je ne pouvais pas abandonner ma tortue, pas avec toutes ces mouettes qui n'attendaient que l'instant propice. D'ailleurs, la marée commençait à se rapprocher. Et puis, à un moment, il n'est plus resté que quatre ou cinq mètres de sable entre le ressac et ma tortue, et l'eau montait dans ma tranchée, comme je l'avais prévu. C'était maintenant ou jamais.

J'ai dit à la tortue ce qu'elle devait faire.

– Il faut que tu fasses le reste sur tes pattes. Si tu veux retourner à la mer, il faut marcher, tu m'entends ?

Elle a essayé. Sincèrement, elle essayait. De temps à autre, elle enfonçait le bout de ses nageoires dans le sable, mais elle ne parvenait pas à se mouvoir. Je l'ai poussée par-derrière. Rien à faire. Ensuite j'ai tenté d'avancer moi-même ses nageoires l'une après l'autre. Sans résultat. J'ai frappé sa carapace. Je lui ai crié dans les oreilles. Elle s'est contentée de déglutir une ou deux fois et de cligner des yeux. A la fin, j'ai voulu la menacer. Je me suis accroupie devant elle.

– Bon, très bien, lui ai-je dit. Reste où tu es si ça te chante. Moi, je m'en fiche. Tu vois ces mouettes ? Tu sais ce qu'elles attendent ? Si elles ne te dévorent pas, quelqu'un d'autre te trouvera et tu seras transformée en ragoût !

Cette fois je criais comme une possédée.

– Tu m'entends, ragoût de tortue ?

Pendant tout ce temps, ses yeux étaient restés fixés sur moi. La malmener ne servait à rien. Alors j'ai essayé de la supplier.

– Je t'en prie, ai-je dit, je t'en supplie !

Mais ses yeux me donnaient la réponse que je connaissais déjà. Elle ne pouvait pas bouger. Elle n'en avait pas la force. Il n'y avait plus rien d'autre à tenter. A son regard, je sentais qu'elle aussi s'en rendait compte.

Je me suis un peu écartée d'elle et je me suis assise sur un rocher pour réfléchir. Je me creusais toujours la tête inutilement quand j'ai vu le canot qui doublait Droppy

Noise Point, se dirigeant vers le large. Le père était à bord, j'ai reconnu sa casquette. Le vieux Jenkins occupait la place de Billy et le patron hissait le foc. Ils étaient trop loin pour voir ma tortue. Je suis revenue m'asseoir près d'elle.

– Tu vois ce canot, lui ai-je dit. Un jour, je vais ramer dans ce canot comme le faisait Billy. Un jour, oui.

Et je me suis mise à lui parler du canot et des grands bateaux qui venaient aux îles Scilly et qui avaient besoin de pilotes pour les conduire au mouillage ; et comment les canots faisaient la course, à celui qui les accosterait le premier. Je lui ai parlé des naufrages aussi et de la façon dont les canots prenaient la mer par n'importe quel temps s'il y avait des marins à sauver ou des cargaisons à récupérer. Le plus bizarre, c'est que je ne me sentais pas du tout ridicule à parler comme ça à ma tortue. Aujourd'hui je sais que c'est ridicule, mais sur le moment ça me paraissait naturel. Sincèrement, je crois bien que j'en ai plus raconté à cette tortue qu'à n'importe qui d'autre auparavant.

J'ai baissé les yeux sur elle. Elle frottait le sable avec son menton en ouvrant la bouche. Elle avait faim! Pourquoi est-ce que je n'y avais pas pensé plus tôt? Je n'avais aucune idée de ce que pouvaient manger les tortues. Alors j'ai choisi ce que j'avais sous la main, des algues de toute sorte, de la laitue de mer, des goémons, du varech. J'agitais les herbes marines devant sa bouche et les lui faisais sentir. Elles devaient réveiller son appétit car, lentement, elle a ouvert la bouche et fait mine de les happer. Mais, aussitôt, elle a détourné la tête et les a laissées retomber sur le sable.

– Alors, quoi d'autre? ai-je demandé à voix haute.

Brusquement, une ombre est apparue sur le sable. Granny May était debout à côté de moi avec son chapeau.

– Il y a longtemps que tu es là? lui ai-je demandé.

– Assez longtemps, a-t-elle répondu en me contournant pour aller regarder la tortue de plus près.

– Si on essayait les crevettes, a-t-elle dit. Ça lui plairait peut-être, des crevettes. Dépêchons-nous. Nous ne voulons pas que quelqu'un la trouve, pas vrai?

Et elle m'a envoyée à la maison chercher le haveneau. J'ai couru pendant tout le trajet, à l'aller et au retour, en me demandant si Granny May savait déjà qu'elle n'avait plus de toit.

Granny May est la meilleure pêcheuse de crevettes de l'île. Elle connaît chaque amas de goémons de Rushy Bay et d'ailleurs, de tous les coins autour de l'île. Elle a regardé ma tortue en souriant.

– Voilà qui est utile, dit-elle en tapant sur la carapace avec son bâton.

– Quoi ? lui demandai-je.

– De porter sa maison avec soi. Comme ça, on ne risque pas de la voir s'envoler, pas vrai ?

Elle était donc au courant.

– Enfin, on la réparera, a-t-elle repris. Les toits, ça se répare encore sans trop de peine. L'espoir, c'est un peu plus difficile.

Elle m'a dit de creuser une sorte de cuvette sous le menton de la tortue et elle y a déversé le contenu de son filet. La tortue a paru vaguement intéressée, puis a détourné la tête. Ce n'était pas ça qu'il lui fallait. Granny May a regardé la mer en s'abritant les yeux de la main contre l'éclat du soleil.

– Je me demande… a-t-elle murmuré… je me demande. Attends, je n'en ai pas pour longtemps.

Elle s'est dirigée vers la mer, a pataugé avec de l'eau au-dessus des chevilles, puis jusqu'aux genoux, promenant son haveneau devant elle sous la surface. Restée avec la tortue, je lançais des pierres aux mouettes. Quand Granny May est revenue, son filet était gonflé de méduses, de méduses bleues. Elle les a vidées dans la cuvette de sable de la tortue.

Aussitôt, celle-ci s'est mise à les dévorer comme un vautour, mâchant, croquant, avalant jusqu'à ce qu'il ne reste plus un filament.

– Elle sourit, a-t-elle fait remarquer. Je crois bien qu'elle adore ça. Peut-être qu'elle en voudrait encore.

– Je vais m'en occuper, ai-je dit.

J'ai ramassé le haveneau et j'ai couru dans la mer. Les méduses n'étaient pas difficiles à trouver. Jamais je ne les ai aimées, surtout depuis le jour où j'ai été piquée au cou quand j'étais petite et que j'ai gardé une espèce de balafre qui m'a brûlée pendant des mois. Alors, tout en prenant mes précautions, j'en ai rapidement attrapé une douzaine de grosses. La tortue les a avalées et a levé la tête comme pour en réclamer encore. Ensuite, nous sommes allées en chercher chacune à notre tour, Granny May et moi, jusqu'à ce que la tortue soit rassasiée et qu'elle laisse devant elle un débris de méduse à

moitié déchiqueté tandis que les crevettes continuaient à sauter autour. Puis je me suis accroupie et j'ai regardé ma tortue dans les yeux.

– Alors, ça va mieux maintenant ?

Et je me suis demandé si les tortues avaient des renvois quand elles mangeaient trop vite. Elle n'a pas roté, mais n'a pas bougé non plus. Ses nageoires se sont encore enfoncées dans le sable. Et, après un instant, elle s'est très légèrement déplacée vers l'avant; centimètre par centimètre, elle se traînait sur le sable. J'étais folle de joie. Je me suis mise à gambader comme un cabri et Granny May était tout aussi contente que moi. Nous nous sommes mises à siffler, à pousser des cris pour encourager la tortue à avancer et nous avons bientôt compris que nos exhortations n'étaient plus nécessaires. A chaque pas, elle semblait plus forte, le cou tendu en avant, résolue à atteindre son but. Plus rien ne l'arrêterait maintenant...

Comme elle approchait de la mer dans le sable humide strié d'ondulations laissées par le ressac, elle s'est mise à progresser plus vite, de plus en plus vite, au-delà des flaques, labourant le sol gorgé d'eau où les vers de sable laissent leurs tortillons. Ses nageoires s'agitaient maintenant sous la surface. Et ma tortue avançait toujours, mi nageant, mi marchant. Puis elle a plongé la tête sous l'eau qu'elle a laissée ruisseler sur sa tête et le long de son cou. Elle s'en allait et, brusquement, j'ai eu un coup au cœur. Je ne voulais pas qu'elle nous quitte. Penchée sur elle, je lui ai dit :

– Tu n'es pas obligée de partir.

– Mais c'est ce qu'elle veut, m'a dit Granny May. Elle doit partir.

Elle nageait maintenant dans une eau plus profonde et, en quelques puissants mouvements de nageoires, elle s'est éloignée à travers les eaux turquoise des hauts-fonds vers le bleu intense du large. La dernière image qui m'est restée d'elle a été celle d'une forme bleu sombre sous la mer, nageant en direction de l'île de Samson.

Brusquement, je me suis sentie très seule. Granny May s'en est sûrement aperçue car elle m'a passé un bras autour des épaules et embrassée sur la tête.

De retour à la maison, nous n'avons pas dit un mot de notre tortue. Ce n'était pas un secret convenu entre nous, pas du tout. Nous n'en avons pas parlé parce que nous n'en avions pas envie. C'était une affaire qui ne regardait que nous.

Le père a dit qu'il essayerait de se mettre au travail demain pour tâcher de réparer sa maison, simplement pour la protéger des intempéries. Granny May n'a pas semblé intéressée. Elle se contentait de me regarder avec des sourires entendus. La mère sait qu'il y a quelque chose entre nous, mais elle ne devine pas quoi. J'aimerais le lui dire, mais je ne peux plus lui parler comme avant. Si Billy était là, je le mettrais dans la confidence.

Je n'ai pas pensé à Billy aujourd'hui, et pourtant j'aurais dû. Je ne me souciais que de ma tortue. Si je ne pense pas à Billy, je vais l'oublier, et alors ce sera comme si je n'avais jamais eu de frère, comme s'il n'avait jamais existé et, s'il n'a jamais existé, il ne pourra pas revenir. Et il faut qu'il revienne. Il le faut absolument.

Je n'ai jamais écrit aussi longuement dans mon journal. Et tout ça à cause d'une tortue. J'en ai mal au poignet.

OCTOBRE

25 OCTOBRE

J'aime l'odeur de la peinture au soleil. Aujourd'hui, nous avons repeint le canot devant le hangar à bateaux, le père et moi, et il s'est remis à parler de Billy. Ces derniers temps, il parle souvent de Billy, et c'est malheureux, parce que ça ne lui sert qu'à se tourmenter. Et toujours les mêmes questions impossibles reviennent, auxquelles je ne peux pas répondre. Pourquoi ? Pourquoi est-il parti comme ça ? Où est-il allé ? Pourquoi est-ce qu'il ne revient pas à la maison ?

Si seulement j'avais le courage de lui dire : « Parce que tu n'arrêtais pas de lui crier après, parce qu'il était écœuré de traire les vaches jour après jour, écœuré de s'échiner aux travaux de la ferme toute la sainte journée. » Mais il ne comprendrait pas et ça ne donnerait rien de bon. Ce n'est pas ça qui nous ramènerait Billy. Alors ?

Nous avons peint toute la journée. La mère et Granny May nous ont apporté un peu de pain et d'eau

et je me suis assise au soleil pour admirer le canot avec sa forme élancée, d'un beau noir luisant. Personne ne parlait.

Quand personne ne parle, c'est que nous pensons tous à Billy ou au temps que nous réussirons à tenir ici sur Bryher maintenant qu'il n'y a plus de vaches et que nous ne gagnons plus un sou. Quand Granny May me regarde en souriant, je sais qu'elle pense à notre tortue.

Je contemplais la mer aujourd'hui et je me disais : « Billy et notre tortue sont quelque part là-bas. Tous les deux. Peut-être qu'un jour notre tortue va arriver en nageant juste sous le bateau de Billy. Ou ils se rencontreront au beau milieu de l'océan et ils n'en sauront rien. Peut-être. »

Nous avons fini de peindre le canot au coucher du soleil. Un vent froid s'est levé et j'avais les mains engourdies. Tout le monde est descendu au hangar à bateaux pour voir le canot. Le patron l'a admiré et a dit qu'il filerait plus vite maintenant qu'il était repeint à neuf. Et moi j'ai ajouté qu'il irait encore plus vite si je tenais un des avirons. Ils se sont tous mis à rire, mais je ne plaisantais pas. Le père le savait, lui. Du coin de l'œil, j'ai surpris son regard. Il n'était pas fâché. Je crois qu'il était vraiment fier de moi. Du moins à ce moment.

La mère a si mauvaise mine ces derniers temps, et elle est si maigre. Elle regarde tout le temps par la fenêtre. Elle guette Billy. Je le sais bien. Elle l'attend. Elle et le père ne s'adressent pratiquement pas la parole. Seule Granny May parle. C'est à elle-même qu'elle parle, beaucoup plus qu'à n'importe qui d'autre. J'ai faim. Nous avons tous faim.

NOVEMBRE

1er NOVEMBRE

Le froid de l'hiver pénètre la maison, ma chambre et mon lit. Je m'y roule en boule. J'empile des couvertures, mais je ne parviens pas à me réchauffer. La mère pense que je couve une maladie. Granny May est restée toute la journée dans la chambre de Billy. Elle a une mauvaise toux qui ne veut pas la lâcher. Quand elle ne tousse pas, il y a dans la maison un silence qui me fait peur.

Nous avons eu des patelles au dîner, une fois de plus. Il n'y a pour ainsi dire rien d'autre à manger. Je dors beaucoup et je passe d'un rêve à un autre. J'ai encore rêvé de ma tortue aujourd'hui et je suis allée le dire à Granny May. Elle est aussi blanche que son oreiller. Elle m'a souri et m'a dit qu'elle ne pouvait jamais se rappeler ses rêves. Elle a dit qu'elle descendrait demain quand elle se sentirait mieux. Elle reste très joyeuse ; de nous tous, elle est bien la seule. Dans son lit, elle paraît plus vieille. Il y a toujours une goutte de

56

rosée au bout de son nez. J'essaye de ne pas la regarder. La maison craque dans le vent comme un bateau en pleine mer. J'ai tellement froid.

30 NOVEMBRE

Nous partons. Je lis ces mots et je n'arrive pas à croire que je viens de les écrire. Nous quittons Bryher pour de bon, pour toujours. Et il y en a d'autres qui en font autant sur l'île. Même le patron s'en va. Je sais que c'est ce qui a finalement décidé le père. Il nous en a parlé ce soir.

– S'il s'en va, a-t-il dit, alors c'est la fin de tout, la fin de Bryher. La fin de nous autres, tous autant que nous sommes. Il ne restera personne sur l'île. Tout le monde part.

– Tu peux partir si tu veux, a dit calmement Granny May, mais moi, je ne bouge pas. Tu m'entends ? Je ne bouge pas d'ici.

La mère a dit ce qu'elle pensait :

– Et si jamais Billy revenait ? Nous ne serons pas là pour le recevoir.

Le père a pris un ton sec pour répliquer sans la regarder.

– Nous ne pouvons pas passer toute notre vie à attendre Billy. Pas après ce qu'il nous a fait. Il n'avait pas à nous fausser compagnie comme ça, pas vrai ?

Granny May a pris les mains de la mère dans les siennes.

– Je serai ici, a-t-elle dit. Il me trouvera et ensuite il vous retrouvera. Il reviendra vous verrez.

La mère m'a regardée et j'ai fait ce que j'ai pu pour avoir l'air d'y croire et lui donner un peu d'espoir, mais elle savait que je jouais la comédie.

Maintenant, elle est assise en bas, effondrée sur sa chaise. Elle ne pleure pas, ni moi non plus. Mes larmes ne couleront pas, parce qu'elles ne veulent pas couler. La vérité, c'est que je veux partir. Cette maison est hantée par la tristesse et le spectre de la faim. Nous avons encore bien de la chance de faire un repas par jour. Il n'y a plus de pain, pas de lait, pas d'œufs, seulement quelques pommes de terre ramollies et des patelles – oh ça, des patelles, il y en a toujours ! Il n'y a plus de joie ni de rires ; plus de Billy.

Personne ne vous sourit plus ici quand on se croise ; les gens ne se saluent plus entre eux. Partout, je vois des silhouettes courbées contre le vent, des visages creusés par la faim. Certains habitants sont déjà partis. Sally et Sarah et toute leur famille. Et M. et Mme Gibson, qui tenaient la boutique. Le père dit qu'on sera partis dans une semaine, si le temps le permet, à bord du prochain bateau pour le continent. Je n'aurai aucun regret.

Maintenant Granny May dort avec moi. Nous essayons de nous tenir chaud en nous serrant l'une contre l'autre. Elle est tellement menue. Je lui ai dit et répété qu'il fallait qu'elle parte avec nous, mais elle fait la sourde oreille. En revanche, dans le noir, elle parle à voix basse de notre tortue. Elle se demande si

58

nous ferions encore la même chose aujourd'hui, si nous l'aiderions à retourner à l'eau, tenaillées par la faim comme nous le sommes. Granny May pense que oui, mais moi, je n'en suis pas si sûre.

Je ne peux pas dormir, alors j'ai allumé la bougie et j'écris encore un peu. Par-dessus tout, je me sens furieuse. C'est peut-être pour ça que je ne peux pas fermer l'œil. Je suis furieuse de nous voir chassés de chez nous, chassés de notre île, et plus furieuse encore à la pensée que jamais je ne pourrai tenir les avirons dans le canot... Granny May vient de se réveiller. Elle m'a regardée et m'a déclaré :

– Je te préviens, Laura, je ne pars pas. Tu peux écrire ça dans ton journal. Je suis née ici, je mourrai ici. Je ne bougerai pas.

Elle s'est rendormie. Quand les vieux dorment, on les entend à peine respirer.

DÉCEMBRE

6 DÉCEMBRE

Nous sommes encore ici. La tempête n'a pas cessé depuis une semaine. Personne n'ira nulle part avant qu'elle ne soit calmée. Granny May dit que c'est un présage, un avertissement. La tempête nous commande de rester, donc nous devons obéir. Le père dit qu'il ne croit pas aux présages et à toutes ces superstitions de bonne femme et ils ont eu une vive discussion. Jamais je n'avais vu Granny May si en colère. Elle est bien décidée et jamais elle n'en démordra. Elle en a fait le serment.

Si elle a gain de cause, personne ne s'en ira, et quand Granny May s'est juré quelque chose... Peut-être qu'après tout nous n'allons pas bouger d'ici. La mère aimerait rester elle aussi, mais elle ne dit rien. Elle s'est complètement refermée sur elle-même et à mon avis jamais elle n'en ressortira, ne sourira, ne rira, ne nous dira que tout va s'arranger, comme elle le faisait du temps où Billy était là.

Maintenant, il m'arrive de ne plus voir dans ma tête le visage de Billy et je me dis que c'est peut-être parce qu'il est mort. Je voudrais ne pas y penser, mais c'est plus fort que moi, j'y pense sans arrêt.

8 DÉCEMBRE

La pluie ne cessera donc jamais de tomber ? Ni le vent de souffler ? Nous ne sortons pour ainsi dire pas de la maison, sauf pour aller ramasser des patelles sur les rochers ou chercher du bois dans l'appentis pour le feu. Il n'en reste presque plus, sans compter qu'il est imprégné d'humidité.

Granny May ne mange plus. La mère a tout essayé pour réveiller son appétit. Enfin, tout ce qu'elle pouvait. Ce soir, elle lui a servi les dernières pommes de terre. Granny May ne les a même pas regardées. Elle a détourné la tête, comme faisait la tortue. Si elle ne mange pas, elle va mourir. Elle le sait et ça lui est bien égal. Et je sais pourquoi. Je pense qu'elle a décidé de mourir ; au moins, de cette façon, elle pourra rester ici comme elle le voulait. Elle dort presque tout le temps. Pour le moment, elle dort à côté de moi, et elle parle dans son sommeil ; et il s'agit toujours de la tortue. Je ne comprends rien à ce qu'elle dit, mais c'est une sorte de prière incohérente, une prière qui ne s'adresse pas à Dieu comme les prières normales, mais à la tortue. J'ai peur que Granny May ne commence à perdre la tête.

9 DÉCEMBRE

Je ne sais pas par où commencer. Granny May est encore endormie. Elle se réveille de temps en temps et me regarde avec tendresse. Je lui ai dit et redit ce qui est arrivé aujourd'hui. Elle se contente de sourire en me donnant des petites tapes sur la main. J'espère qu'elle comprend, mais je ne suis pas sûre. Je ne suis même pas sûre de me comprendre moi-même.

La mère m'a envoyée très tôt ce matin, comme d'habitude, ramasser des patelles. La mer était trop mauvaise pour qu'on se risque à pêcher depuis les rochers. La tempête est à son comble. Il devait y avoir une bonne dizaine d'entre nous à en faire autant sur Popplestones quand quelqu'un a aperçu la voile. La pluie tombait en rafales chargées de grêle qui me fouettaient la figure avec tant de force que je pouvais à peine ouvrir les yeux. Et puis cette voile unique s'est déployée en quatre voiles, toutes blanches contre les nuages noirs de la tempête. Le navire luttait pour doubler Seal Rock et garder le cap sur Tearing Ledges, mais il avançait à peine. Nous savions tous ce qui allait arriver. Nous avions déjà assisté au même drame. Un bateau qui menace de sombrer est secoué dans tous les sens avant de couler. Une énorme lame lui a balayé la poupe et il ne s'est pas relevé. Il est resté couché sur le flanc, ballotté par les vagues. Un grand cri s'est élevé de tous ceux qui l'avaient vu chavirer.

– Naufrage ! Naufrage !

J'ai couru à la maison et j'ai rencontré le père et le patron qui dévalaient le sentier au pas de course.

– C'est vrai ? a crié le père. Il y a un naufrage ?

Quand nous avons atteint le hangar à bateaux, ils étaient déjà en train de haler le canot dans le ressac. A chaque signe d'accalmie, l'équipage sautait à bord et nous poussions le canot vers le large, plongés jusqu'à la taille dans la mer glacée et, chaque fois, l'embarcation était repoussée par les vagues. Pour finir, un rouleau l'a prise par le travers et le canot s'est retourné en projetant tous les hommes à l'eau. Après ça, ils ont tous voulu abandonner, sauf le patron.

– Rushy Bay ! a-t-il crié. Y'a pas d'autre moyen. On sera à l'abri du vent pour lancer le canot.

Mais personne ne voulait rien entendre jusqu'au moment où le maître d'école est arrivé en courant le long de la plage, hors d'haleine.

– Il y a des hommes à la mer ! criait-il. Je les ai vus de Samson Hill. Le bateau s'est fracassé contre les rochers.

– Vous l'avez entendu ? a hurlé le patron. Alors qu'est-ce que vous attendez ?

Ils ont arrimé les avirons en travers de la coque et, sur un ordre du chef, ils ont soulevé le canot sur leurs épaules. La mère, à côté de moi, me tenait par la main, muette d'inquiétude. Je ne quittais pas les hommes des yeux, avec mon idée fixe en tête : aider à porter le canot avec le patron, avec mon père, le vieux Jenkins et les autres. Ils avançaient sur la plage en vacillant, puis ils ont pris à travers le pré communal en direction de Rushy Bay, pendant que nous courions à côté d'eux. Quand nous avons atteint le sentier de Samson Hill, tout le monde est monté au sommet de la colline pour voir le spectacle, tout le monde sauf moi. Je suis restée avec l'équipage. La mère a essayé de m'entraîner, mais je me suis dégagée d'une secousse. Le père s'est mis à crier après moi d'une voix tonnante, mais je n'y ai pas fait attention. Je savais qu'il était trop occupé pour songer à me frapper. Ils sont passés par-dessus les dunes, en jurant et en geignant sous le poids du canot. Et moi, je les accompagnais. C'est là que le père est tombé avec un grand cri et qu'il s'est pris la cheville à deux mains en se tordant de douleur. Il a essayé de se relever. Pas moyen. Je me suis approchée pour l'aider. Il a levé les yeux et secoué la tête.

– Toi, prends-le ! hurlait le patron – et c'était à moi qu'il s'adressait. Toi, Laura, toi !

Il m'avait prise par les épaules et me secouait.

– Allez, vas-y !

J'ai donc pris le bout d'aviron de mon père et ma part du chargement sur l'épaule et, tandis que le père restait en arrière dans les dunes, nous avons dégringolé avec le canot jusqu'à la grève et l'avons poussé dans l'eau. Là, nous avons détaché les avirons, sauté dans le canot et nous nous sommes mis à souquer dur vers Samson. Les vagues nous secouaient tellement fort que j'ai cru que le canot allait se casser en deux. Je ramais, je ramais et, tout en ramant, je me suis soudain rendu compte de ce que je faisais et où j'étais. J'étais à bord du canot ! Je ramais vers un bateau naufragé ! Je faisais ce que j'avais rêvé de faire toute ma vie. Enfin, enfin, enfin.

Personne ne parlait, sauf le patron. Debout à l'avant, il vociférait :
– Souquez, mes lascars, souquez ! Souquez comme le diable... Y a des zigotos à la baille là-bas ! Souquez à mort ! Nom d'un bouchon, souquez ! Sacré tonnerre !
Et j'ai souqué comme je ne l'avais encore jamais fait, les yeux fixés sur la pale de mon aviron, attaquant l'eau loin sur l'avant, arc-boutée sur les pieds, plongeant de nouveau la pale de toute mes forces. La mer se gonflait, bouillonnait autour du canot. Mon aviron et moi, nous ne faisions plus qu'un. J'étais bien trop absorbée par ma tâche pour éprouver la moindre peur et j'avais bien trop froid pour ressentir la moindre souffrance.
Soudain le canot a raclé le fond. Je ne m'y attendais pas de sitôt. Nous étions déjà sur Samson. Nous nous

sommes pliés en deux sur nos avirons comme du linge à sécher, vidés de toutes nos forces. Mais le patron n'en avait pas encore fini avec nous.

– A terre ! a-t-il crié en sautant par-dessus bord. On va le porter à travers l'île et le remettre à l'eau de l'autre côté. C'est le seul moyen d'arriver jusqu'à eux. Allez, mes lascars ! Il sera temps de vous reposer quand on aura terminé.

Nous avons donc tous basculé par-dessus le plat-bord, arrimé de nouveau les avirons et soulevé le canot.

La pointe de Samson n'a guère plus d'une centaine de mètres de large, mais sous les bourrasques de la tempête ces cent mètres nous ont fait l'effet d'un bon mile. Plus d'une fois j'ai trébuché et je suis tombée sur les genoux, mais il y avait toujours des mains puissantes pour m'empoigner et me remettre sur pied.

– Je les vois ! s'est écrié le patron. Là-bas sur White Island, je les vois !

Le patron était partout à la fois, soutenant la coque avec nous, hurlant des encouragements derrière nous, dégageant le passage en avant. Nous avons enfin atteint la plage à l'extrême pointe de Samson et halé le canot sur les galets jusqu'à ce qu'il soit à flot et que nous soyons délestés de son poids. Alors nous avons une fois de plus détaché les avirons et grimpé à bord.

– Ramez ! a crié le patron. Ramez pour vos enfants, ramez pour vos femmes !

Je n'ai pas d'enfants ni de femme, mais j'ai ramé de toutes mes forces. Je ramais pour Granny May, pour mes parents et pour Billy, surtout pour Billy.

Le chenal à traverser n'était pas bien large, mais la mer était démontée. Un vrai chaudron de sorcière où les rafales, les courants, la marée s'en donnaient à cœur joie et nous ballottaient dans tous les sens. Sous nos pieds, les membrures grinçaient, geignaient mais tenaient bon. Une lame énorme nous est arrivée dessus par-derrière, comme un grand mur d'eau verte, et je me suis dit : « Ça y est, on va se retourner. »

– Tenez bon, tenez bon ! a lancé la voix du patron – et même la houle a donné l'impression de lui obéir.

J'ai senti le canot monter avec la vague, se maintenir sur la crête, plonger en avant et nous nous sommes retrouvés courant sur notre erre jusqu'au rivage où nous avons atterri au sec sur les galets de White Island.

Je suis descendue du canot et j'ai regardé autour de moi. J'ai vu des hommes qui avançaient vers nous en titubant et l'un d'entre eux courait devant les autres.

– Laura ! criait-il.

Je connaissais cette voix et l'instant d'après, je l'ai reconnu, lui.

– Billy ? ai-je dit en lui prenant le visage entre les mains pour être sûre, tout à fait sûre. Billy, c'est toi ? C'est bien toi ?

– Dieu merci, a-t-il murmuré.

Je dois encore me pincer pour croire à ce que j'écris. Billy est revenu. Billy est sain et sauf ! Billy est rentré à la maison ! Nous nous sommes serrés l'un contre l'autre sur White Island, tout en pleurant et en riant.

Sur la route du retour vers Bryher, avec le vent et les vagues derrière nous et avec des forces nouvelles dans nos bras, le canot volait sur la houle. Nous avons sauvé tous les naufragés et Billy est rentré chez nous. J'aurais pu faire avancer le canot à la rame toute seule.

Des bains chauds ont été préparés dans toute l'île. Dans la grande bassine de zinc au milieu de la cuisine, autour de laquelle nous nous tenions tous, Billy se réchauffait peu à peu et riait aux éclats.

Il était plus fort, plus grand, différent en un sens, mais c'était toujours Billy. Nous avons bu de la soupe brûlante aux patelles pour ne pas changer  mais, maintenant, ça nous était bien égal. Je n'ai jamais vu personne manger d'aussi bon appétit. Je n'ai jamais vu notre mère aussi rayonnante et le père aussi « maternel », si j'ose dire. Tout le monde est fier de moi. Et moi aussi je suis fière de moi. Billy est trop fatigué pour beaucoup parler, mais il a dit que son bateau s'appelait le *Zanzibar*. Il était en route pour la France, venant de New York. Tout à coup, on a vu qu'il était épuisé. Notre mère l'a emmené se coucher. Il nous en dira plus demain. Je viens juste d'annoncer à Granny May que Billy est de retour, mais elle ne fait que répéter : « la tortue, la tortue ».

Elle s'est de nouveau endormie. Je me sens terriblement fatiguée et terriblement heureuse.

10 DÉCEMBRE

A mon réveil, ce matin, j'ai cru que la journée d'hier n'avait été qu'un rêve. J'ai dû entrer dans la chambre de Billy pour m'assurer du contraire. Il dormait encore. Il dort comme un bébé, comme il l'a toujours fait, un doigt le long du nez.

Le vent est tombé. De sa fenêtre, j'ai regardé la mer qui dansait à la lumière du matin. Quand je suis descendue, le père allait sortir, appuyé sur un bâton et clopinant, mais il m'a regardée avec un sourire radieux.

– Le *Zanzibar* est toujours échoué sur les rochers, enfin, son épave, mais il n'y restera pas longtemps. On va aller voir tout ce qu'on peut récupérer.

Notre mère a essayé de l'arrêter, mais il ne voulait rien entendre. Et quand j'ai voulu l'accompagner, elle a poussé de grands cris. Elle s'est plantée entre moi et la porte, m'a prise par le bras et m'a obligée avec fermeté à m'asseoir.

Plus tard, je suis montée à Samson Hill en laissant Billy et Granny May encore endormis. Tous les bateaux de Bryher étaient rassemblés autour de White Island. L'épave est bloquée assez haut dans les rochers, mais seule sa proue est sous l'eau et les voiles sont en loques. Il y a des hommes qui rampent un peu partout sur l'épave comme des fourmis.

Tandis que nous regardions ce spectacle, nous avons vu le canot qui s'éloignait lentement de White Island. Il était très bas sur l'eau. On entendait l'écho des rires à la surface de la mer.

Comme le bateau entrait dans Rushy Bay en dessous de nous, j'ai vu des masses arrondies arrimées des deux côtés de la coque. Ni la mère ni moi ne pouvions distinguer ce que c'était. A l'approche du rivage, l'équipage a rentré les avirons et laissé le canot, emporté par son élan, venir s'échouer tout seul. Puis j'ai vu le patron et le vieux Jenkins qui se penchaient par-dessus bord. Ils tenaient des couteaux à la main et se sont mis à couper des cordages.

– Des vaches ! s'est écrié quelqu'un.

Et, à ce moment-là, dans un grand éclaboussement accompagné de hourras montant du canot, six vaches sont sorties de la mer et se sont mises à remonter la plage en s'ébattant.

– Ça alors, que le grand cric me croque ! s'est exclamée la mère.

L'équipage a aussitôt sauté à terre et une grande chasse aux vaches a commencé sur toute l'étendue de Rushy Bay. Le père agitait son bâton dans tous les sens en poussant des cris. A la fin, il était devenu difficile de dire qui chassait qui. Nous avons tous couru en bas de Samson Hill pour prêter main-forte aux autres et mener les vaches au-delà des dunes jusqu'au pré communal où elles se sont enfin arrêtées et mises à paître. Le père, tout essoufflé, appuyé sur son bâton, secouait la tête.

– Non, mais, allez croire une chose pareille ! a-t-il déclaré à mi-voix.

Mais il n'y avait pas que des vaches sur l'épave du *Zanzibar*. Tout l'après-midi, les bateaux ont fait la navette, chargés jusqu'aux plats-bords de bois de construction, de blé et de rhum ! Billy, maintenant réveillé et levé, et en compagnie de tous les marins rescapés du *Zanzibar*, aidait à vider les cales. Au soir, la plage de Rushy Bay était jonchée de piles de butin. Chaque famille avait sa pile personnelle et nous avons tout rapporté chez nous dans des charrettes à ânes.

Nous avions prié pour que vienne un naufrage et il était venu. Et quel naufrage ! Qu'un miracle se soit produit, personne n'en doute. Il y a assez de bois pour rebâtir nos maisons dévastées et pour reconstruire ou remplacer nos bateaux détruits. Il y a des vaches pour nous donner du lait, tout le blé dont nous avons besoin pour nous nourrir, les vaches et nous, jusqu'à la fin de l'hiver. Et il restera encore assez de grains pour les semailles du printemps à venir. Et assez de rhum aussi, a dit le père, pour faire notre bonheur jusqu'à la fin de nos jours.

Granny May a insisté pour que nous la levions. A chaque instant elle touche Billy pour s'assurer qu'il est bien là. Elle a pris un peu de soupe – c'est la première fois qu'elle s'alimente depuis des jours – et elle nous a demandé de la transporter jusqu'à Rushy Bay pour voir l'épave. Elle ne peut pas marcher, alors, comme les ânes étaient encore occupés ailleurs, Billy et ses amis du *Zanzibar* l'ont installée au fond d'une carriole et l'ont tirée à travers l'île. Elle était à côté de moi, ce soir à marée haute, quand nous avons entendu le *Zanzibar* pousser une sorte de longue plainte. Tout le monde était là pour le regarder partir. Nous l'avons vu

 s'enfoncer lentement dans la mer, ses voiles en lambeaux battant dans le vent comme pour nous faire des signes d'adieu.

De la main, en silence, je lui ai rendu son salut. Les hommes de l'équipage ont ôté leur bonnet ; certains se sont signés ; l'un d'eux est tombé à genoux dans le sable et a remercié Dieu. Alors nous nous sommes tous agenouillés comme lui, sauf Granny May, j'ai remarqué.

Nous restons sur l'île. Tout le monde reste. Billy reste. Il l'a promis. « Croix de bois, croix de fer, si je mens, je vais en enfer », a-t-il dit. Il a voyagé à travers le monde entier, l'Amérique, l'Irlande, la France, l'Espagne, l'Afrique même. Vous vous rendez compte, l'Afrique ! Je l'ai questionné à propos de Joseph Hannibal. Apparemment, il n'a pas aussi bien tourné que se le figurait Billy. Il buvait beaucoup. Il a emprunté de l'argent à Billy et ne le lui a jamais rendu. Et quand Billy le lui a réclamé, il l'a menacé.

Alors Billy a quitté le *General Lee* à New York et est devenu garçon de cabine sur le *Zanzibar*. C'est à bord du *Zanzibar* qu'il a fait le tour du monde. Ils se rendaient à Brest, en France, quand ils ont fait naufrage.

Billy dit qu'il y a des endroits très beaux dans le monde, des merveilles auxquelles on ne peut croire qu'après les avoir vues de ses propres yeux, mais il n'y a nulle part un lieu comparable aux îles Scilly et à la maison familiale sur l'île. Je lui ai dit que je le savais déjà depuis longtemps mais le père a déclaré qu'on ne pouvait découvrir certaines choses que par soi-même et ils ont échangé un sourire.

24 DÉCEMBRE

Je trais les vaches du *Zanzibar*, et en compagnie de Billy par-dessus le marché. Trois des six donnent beaucoup de lait et nous pensons que les autres sont pleines. Espérons que c'est vrai et que nous aurons des petits veaux. Chacun a reçu une part à peu près équitable de la cargaison récupérée sur l'épave. Il y a bien eu quelques contestations mais, dans l'ensemble, personne n'a pu se dire victime d'injustices. Nous avons

reçu les vaches puisque nous sommes les seuls à savoir nous en occuper ; nous avons du blé aussi, comme tout le monde. Nous avons reconstruit l'étable exactement comme elle était. Granny May a eu assez de bois pour refaire son toit. Il y a des réserves de planches et de madriers dans tous les jardins de l'île. Plusieurs bateaux sont en réparation, et plusieurs toits aussi. Partout, on entend des coups de marteau, des grincements de scie. Bryher revit.

Granny May restera sans doute chez nous jusqu'au printemps quand sa maison sera prête. Elle est redevenue semblable à elle-même, comme je l'ai toujours connue, s'affairant sans cesse et parlant toute seule. Parfois je me demande si elle n'est pas en effet une « vieille toc-toc » comme tant de gens le pensent. Elle me répète sans arrêt que ce n'est pas Dieu qui nous a amené l'épave et ramené Billy, mais que c'est la tortue. En même temps, elle radote et répète que les miracles n'existent pas. Si quelque chose arrive, c'est qu'une autre chose en est la cause. La loi de la nature, dit-elle. Nous avons sauvé la tortue et la tortue nous a sauvés. C'est tout simple. En ce bas monde, on récolte ce qu'on mérite, dit-elle. Je ne suis pas sûre qu'elle ait raison.

J'ai raconté à Billy toute l'histoire de la tortue. Il dit que s'il l'avait trouvée, il l'aurait mangée, mais en réalité il ne l'aurait pas fait. Ce n'est qu'une parole en l'air. Nous parlons, parlons. Nous n'avons pratiquement pas cessé de parler ensemble depuis son retour. J'ai entendu ses histoires je ne sais combien de fois et je suis prête à les écouter encore sans me lasser. Je les connais si bien que c'est comme si je ne l'avais jamais quitté durant tous ses voyages. Comme si j'avais été en Amérique et en Afrique, comme si j'avais vu moi-même toutes ces grandes villes, ces déserts sans fin, ces icebergs et ces montagnes qui escaladent le ciel.

L'équipage du *Zanzibar*, rassemblé sur la jetée, est parti ce soir. Nous étions tous là pour leur faire des adieux. Tout le monde s'embrassait. Ils étaient si heureux d'être en vie, sains et saufs, et nous étaient si reconnaissants de les avoir sauvés.

Depuis son retour, Billy n'a pas eu une seule dispute avec le père, et la mère est redevenue vraiment ma mère.

25 DÉCEMBRE
JOUR DE NOËL

Il semble bien qu'après tout Granny May ait raison.

J'étais avec Billy en train de curer l'étable après la messe quand il m'a appelée dehors. Tout le monde dévalait la pente vers Green Bay et il y avait une foule rassemblée sur la plage. Nous avons donc tout laissé en plan pour descendre nous aussi en courant. Nous avons croisé notre mère et Granny May qui sortaient de la maison.

– Il y a une tortue morte qui s'est échouée, a dit notre mère.

Granny May me regardait, les yeux pleins de larmes. Nous avons dû écarter la foule pour nous approcher. Les gens riaient entre eux et je leur en voulais à mort. La tortue était couverte de sable et de goémons et ils essayaient de la retourner sur le dos. Mais elle était trop lourde, même pour eux. Et puis j'ai regardé de plus près. C'était bien une tortue, mais pas notre tortue. D'ailleurs ce n'était pas une tortue du tout. Elle était peinte d'un vert brillant avec des yeux jaunes et semblait avoir été sculptée dans le bois. C'était la figure de proue d'un navire.

Billy s'est accroupi à côté d'elle, a balayé de la main le sable resté sur sa tête et a déclaré :

– Elle vient du *Zanzibar*.

Granny May riait à travers ses larmes. Elle m'a pris la main et l'a serrée.

– Alors, tu me crois maintenant ? me dit-elle, mais sans avoir besoin de réponse. Elle vient du navire de Billy, a-t-elle repris, donc elle appartient à Billy, pas vrai ?

Personne n'a fait mine de discuter.

– On va l'appeler Zanzibar et on l'installera dans le jardin. Ramenons-la chez nous.

Nous avons donc hissé la tortue sur une carriole et l'avons remorquée jusqu'à la maison. Tout l'après-midi, nous l'avons frottée, brossée, récurée. La peinture s'était pas mal écaillée dans la mer. Elle est un peu plus grande que la tortue que nous avons sauvée mais sa tête est presque semblable, ridée, burinée, comme celle d'un vieux sage plus que centenaire. Et elle a tout à fait le même sourire, un sourire d'une grande douceur.

Tout en écrivant, je regarde par la fenêtre de ma chambre. On dirait que la tortue essaye de manger de l'herbe. Mais l'herbe, elle n'en veut pas, bien sûr. Elle ne mange que des méduses. Le nom de Zanzibar lui va très bien. On ne pouvait pas trouver mieux.

A la dernière page était écrit à l'encre, de l'écriture tremblante d'une très vieille dame :

P.S. Une dernière chose.

Je ne laisse Zanzibar à personne en particulier. Je la laisse à tout le monde. Je désire donc qu'elle soit placée sur le pré communal de sorte que tous les enfants de Bryher puissent aller s'asseoir dessus ou la chevaucher s'ils en ont envie.

Elle peut devenir pour eux un cheval, un dragon, un dauphin, un éléphant ou même une grande tortue de mer.

Comme vous le savez, votre grand-oncle Billy a mené une vie longue et paisible. Quand il est mort, je ne savais plus quoi faire sans lui. J'étais perdue. Mais je me suis résignée. Il le fallait bien. De toute façon, maintenant, nous voilà bientôt réunis.

L. P.

ZANZIBAR

Je suis resté assis sur le lit un long moment à regarder le dernier des dessins de grand-tante Laura. Il représentait Zanzibar sur le pré communal contemplant la mer. Une petite fille était assise sur sa carapace. Le vent faisait voler ses cheveux et elle riait aux éclats.

Par la fenêtre me parvinrent des cascades de rires. Je me penchai au-dehors. Il devait bien y avoir une demi-douzaine de petites-nièces et de petits-neveux dans le jardin qui folâtraient autour de Zanzibar. La plus petite de tous s'appelle Catherine. Ma plus jeune nièce offrait de l'herbe à Zanzibar et lui caressait la tête entre les yeux.

– Allez, mange, Marzipan, disait-elle. Tu vas adorer ça.

– Elle ne la mangera pas, lui lançai-je de la fenêtre. Elle ne mange que des méduses.

Catherine leva les yeux vers moi. Ils clignotaient dans le soleil.

– Comment tu le sais ?

– Si tu me permets de m'asseoir dessus, je te le dirai. Je

81

te raconterai d'où est venue Zanzibar, comment elle est arrivée ici, tout.

– D'accord. dit-elle.

Donc, installé sur Zanzibar, au soleil du soir, je leur ai lu le journal de grand-tante Laura du début à la fin. Quand j'eus terminé, la famille était rassemblée au complet autour de Zanzibar et m'écoutait.

J'ai fermé le livre.

– Et voilà, dis-je.

Tout le monde se tut pendant un long moment.

C'est Catherine qui a eu l'idée de déménager Zanzibar séance tenante. Nous avons donc sorti de son abri la vieille carriole déglinguée de grand-tante Laura, y avons chargé Zanzibar et l'avons tirée le long du sentier creusé d'ornières jusqu'au pré communal. Je savais, par le dernier dessin du journal, où grand-tante Laura voulait exactement que la tortue soit placée. Et c'est là que nous l'avons installée, face à la mer.

Comme je me retournais, j'ai vu des mouettes qui décrivaient des cercles autour de Zanzibar. Quelques-unes s'étaient posées sur sa tête. Catherine a couru dans leur direction avec de grands gestes en criant « Pouh ! Pouh ! » pour les chasser. Elles se sont envolées en protestant. Et Catherine nous a rejoints.

– De toute façon, ça fait rien, a-t-elle dit. Elles peuvent pas la manger, hein ? Marzipan est en bois, pas vrai ?

– Zanzibar, ai-je rectifié. Elle s'appelle Zanzibar.

– Eh ben, c'est ce que j'ai dit, a-t-elle rétorqué.

Et elle est partie en courant retrouver les autres.

MICHAEL MORPURGO
L'AUTEUR

Michael Morpurgo est né en 1943, près de Londres. Après avoir opté, d'abord pour le métier des armes, il choisit d'enseigner l'anglais, à Londres, jusqu'en 1972, date à laquelle il abandonne la vie citadine pour se lancer dans l'exploitation d'une ferme, dans le Devon. Il y accueille chaque année (comme dans celle qu'il a créée dans le pays de Galles) des classes d'enfants de quartiers urbains défavorisés, qui ne sont jamais allés à la campagne. Michael Morpurgo a commencé à écrire il y a une vingtaine d'années pour les enfants à qui il enseignait alors. Il est aujourd'hui l'auteur d'une quarantaine de livres, traduits dans le monde entier et couronnés par de nombreux prix littéraires. Avant de s'atteler à un roman, il se livre toujours à un méticuleux travail préparatoire de chercheur et d'enquêteur afin d'être le plus juste et le plus authentique possible. Ensuite, c'est toujours dans la fièvre qu'il écrit. Il réussit également à être le scénariste de ses romans, ce qui est rare. Il a notamment réalisé l'adaptation de *Cheval de guerre*, *Le jour des baleines* et *Le roi de la forêt des brumes*. Michael Morpurgo est marié à Clare Lane, fille du fondateur des éditions Penguin Books. Elle est son premier éditeur, son plus sévère critique et, en même temps, en toutes choses, sa source d'inspiration. Généreux, chaleureux, Michael Morpurgo n'hésite pas à aller à la rencontre de son public, fût-il outre-Manche. Il est ainsi souvent accueilli dans les écoles et les bibliothèques françaises et c'est en France que ce père de trois enfants et heureux grand-père de quatre petites-filles franco-britanniques se rend pour de rares vacances.

« Je me rends chaque année aux îles Scilly, le dernier morceau de terre britannique avant d'atteindre l'Amérique. Elles sont situées dans l'océan Atlantique, à environ trois kilomètres des côtes de Cornouailles. Il y a de cela plusieurs années maintenant, j'ai écrit un livre intitulé *Le jour des baleines*, (Folio junior) à propos d'une malédiction qui s'abat sur l'une des îles. Six ans plus tard, tandis que ma femme cherchait des coquillages le long de la plage, nous avons aperçu devant nous quelque chose que la mer avait rejeté. Il s'agissait d'une tortue marine, une tortue luth, mais elle était morte. Les mouettes l'avaient attaquée, ce qui n'était pas beau à voir. Je suis resté éveillé plusieurs nuits de suite à penser à elle, me demandant comment et pourquoi la tortue avait pu aller et venir dans ces eaux froides et inconnues. J'ai effectué des recherches et j'ai découvert que ces tortues suivaient des bancs de méduses, parfois sur plusieurs centaines de kilomètres. Peu de temps après cela, j'ai trouvé dans une librairie une vieille photographie en noir et blanc, prise au début du siècle, qui représentait une de ces embarcations rapides, servant à transporter les marins sur les bateaux. Huit hommes ramaient et se démenaient pour la maintenir à flot malgré la houle. Une nouvelle petite recherche… J'appris qu'il y avait aussi à bord six vaches attachées aux plats-bords. Il y avait eu un naufrage la veille : parmi les victimes, un troupeau de vaches, dont six avaient réussi à se hisser sur les rochers où elles furent trouvées. De nos jours, tous les vendredis soir, des canots identiques font la course entre les îles, et c'est un spectacle splendide sur la mer en feu, dans la lumière du soleil couchant. Il y a des équipages féminins mais, à cette époque, seuls les hommes pilotaient. »

FRANÇOIS PLACE
L'ILLUSTRATEUR

« C'est une histoire magnifique, une de ces histoires de pactes qui relient secrètement les îles avec l'océan qui les entoure, à charge pour quelques êtres, ici – c'est une grand-mère – de faire les passeurs entre le monde des hommes et la mer toute-puissante. Tout cela est raconté dans le journal intime d'une jeune fille, Laura. Michael a imaginé comme des blancs dans une partition une partie dessinée au sein même du journal de Laura. Pour cette raison, j'ai adopté deux styles pour illustrer cette histoire : les dessins naïfs sont, en principe, ceux de Laura... Pour essayer de retrouver sa façon de dessiner, j'ai regardé de nombreux ex-voto de marin, ces tableaux que l'on exposait dans les églises justement pour remercier le ciel d'un sauvetage miraculeux... »

Lisez les **passionnants** récits
de **Michael Morpurgo**
dans la collection FOLIO **JUNIOR**

CHEVAL DE GUERRE
n° 347

Été 1914. Dans la ferme de son père, en Angleterre, Albert grandit en compagnie de son cheval, Joey. En France, la petite Emilie joue dans un verger avec ses frères. En Allemagne, Friedrich travaille dans sa boucherie. Pendant ce temps, d'immenses armées se préparent à s'affronter dans le cauchemar de la guerre.

LE JOUR DES BALEINES
n° 599

Pour tous les habitants de Bryher, petite île au large de l'Angleterre, Zacharie Pétrel, surnommé l'Homme-Oiseau, est un vieux fou un peu sorcier. Pour tous, sauf pour deux enfants qui deviennent ses amis et découvrent un vieil homme des plus inoffensifs qui vit seul, entouré d'animaux.

ROBIN DES BOIS
n° 864

Richard Cœur de Lion est parti en croisade et le prince Jean, son frère, assisté par le terrible shérif de

Nottingham, règne en tyran sur l'Angleterre. Réfugiée dans la forêt de Sherwood, une bande de hors-la-loi défie leur autorité, dévalisant les riches qui se risquent à s'y aventurer. A leur tête se trouve Robin de Locksley, que ses amis ont surnommé Robin des Bois. Avec l'aide de frère Tuck, de Much, de Petit Jean et de la fidèle Marion, il s'est engagé, au nom du roi Richard, à rétablir la justice dans le pays.

LE ROI ARTHUR
n° 871

« C'est une longue histoire, une histoire de grand amour, de grande tragédie, de magie et de mystère, de triomphe et de désastre. C'est mon histoire. Mais c'est surtout l'histoire de la Table ronde où, autrefois, siégeait une assemblée de chevaliers, les hommes les meilleurs et les plus valeureux que le monde ait jamais connus. Je commencerai par le commencement, quand j'étais encore un enfant, à peine plus âgé que tu ne l'es aujourd'hui. »

LE ROI DE LA FORÊT DES BRUMES
n° 777

Ashley Anderson vit en Chine où son père a fondé une mission et un hôpital. Mais la guerre sino-japonaise fait rage et le jeune garçon doit fuir. En compagnie d'Oncle Sung, un moine tibétain, il entreprend un long et périlleux voyage. Alors qu'il traverse l'Himalaya, Ashley perd la trace de son compagnon. Il rencontre alors une étonnante créature qui ressemble étrangement au légendaire yéti.

Le trésor des O'Brien

n° 942

1847. Cette année-là, en Irlande, un terrible fléau anéantit la récolte des pommes de terre, condamnant le peuple à la famine. Sean et Annie, les deux enfants survivants du clan des O'Brien n'ont qu'un seul espoir de salut : ils doivent partir retrouver leur père en Amérique. Ils s'embarquent à bord d'un navire d'émigrants. Commence alors la plus incroyable des épopées. Un récit captivant et bouleversant.